MW01613221

ESPASA JUVENIL

Cuentos de ingenios y otras trampas

119

ESPASA

ESPASA JUVENIL
CUENTOS DE TODOS LOS COLORES

Editoras: Nuria Esteban Sánchez y Mercedes Figuerola
Diseño Proyecto: Roser Ros Vilanova
Dirección: Associació de Mestres Rosa Sensat
Coordinación: Inongo-vi-Makomé y Roser Ros Vilanova
Diseño de Cubierta: Juan Pablo Rada
Ilustraciones: Mabel Piérola
Realización logo *Cuentos de todos los colores:* Laia Soler

———

© Espasa Calpe, S. A.
© Associació de Mestres Rosa Sensat
© Sebastián Porras, Roser Ros Vilanova, Badia Bouia, Martha Escudero,
  Minoru Shiraishi, Inongo-vi-Makomé

———

Primera edición: febrero, 2000
Segunda edición: julio, 2000

Depósito legal: M. 26.591-2000
I.S.B.N.: 84-239-7088-4

Espasa, en su deseo de mejorar sus publicaciones, agradecerá cualquier
sugerencia que los lectores hagan al departamento editorial por correo
electrónico: sugerencias@espasa.es

Impreso en España/Printed in Spain
Impresión: Huertas, S. A.

Editorial Espasa Calpe, S. A.
Carretera de Irún, km 12,200. 28049 Madrid

Índice

Introducción

DESDE que el mundo es mundo, todos los pueblos de la Tierra, del más numeroso al más reducido, del más belicoso al más pacífico, del más septentrional al más meridional, han hecho de los cuentos un lugar idóneo para almacenar en ellos sus saberes y sus sinsabores. Durante siglos, hombres y mujeres han aprendido la forma de ser y de pensar de sus antepasados y de sus iguales a través de los cuentos que, sin pausa pero sin prisa, iban aprehendiendo en compañía de la voz del que los contaba y junto a todos los que compartían con ellos aquellos momentos llenos de historias.

Pero las ciencias adelantan que es una barbaridad. El mundo se llenó de libros impresos, las casas empezaron a tener televisión, la gente aprendió a comunicarse por teléfono; además, leía libros, iba al cine y navegaba por redes virtuales. Y con tanto cambio a la vista pareció que el tiempo para contar cuentos se volvería cada vez más escaso.

Y bien pronto, los cuentos, en lugar de vivir en las bocas de los narradores a la espera de alguien que quisiera escucharlos, aprendieron a vivir en las páginas de los libros.

Pero de repente, un día claro y luminoso ocurrió lo que tenía que ocurrir: un grupo de gente de las más variadas procedencias, todos ellos enamorados de los cuentos, decidieron continuar la tradición de contarlos. Tenían el sano propósito de no permitir que hombres y mujeres dejaran de aprender la forma de ser y de pensar de sus antepasados, que es a la vez igual y diversa, y que se hace presente de forma tan alejada y tan parecida que no deja de sorprender a propios y a extraños. Y así fue como estas gentes, a las que llamaremos desde ahora narradores, quisieron dar voz a los relatos.

Posteriormente, y sin pensarlo dos veces, esos narradores decidieron, además de contarlos por doquier, escribir sus cuentos y hacerlos llegar en forma de colección para mayor deleite. Pero no olvidéis que los cuentos que aquí encontraréis llevan muchos años, muchos siglos de andadura, y que quienes ahora os los han acercado lo han hecho como si en lugar de dirigirse a los ojos, se dirigieran en primera instancia a vuestros oídos, para así poder tener entrada en vuestros corazones.

* * *

Las personas que han colaborado en este cuarto volumen de la colección son:

COMO NARRADORES:

Cultura gitana o Rromani: SEBASTIÁN PORRAS SOTO. Nació en Barcelona en 1970 en el seno de una familia gitana, y después de estudiar periodismo en la Universidad, casi por casualidad, consiguió armonizar su afición por el teatro con la recuperación de leyendas populares gitanas. Empezó a contar cuentos, y luego a escribirlos.

Cultura mediterránea europea: ROSER ROS VILANOVA. Nació en Barcelona y desde muy pe-

queña fue una lectora voraz. Bien pronto tuvo ocasión de contar cuentos al público infantil, aunque también lo practica actualmente entre gente mayor. Poco a poco, esta dedicación por los cuentos se convirtió en objeto de estudio. Y así, por un lado, su afición a narrar se ha visto enriquecida por muchas horas de estudio, y por otro, sus estudios han podido llegar a alguna parte gracias a la práctica de la narración.

Cultura árabe: BADIA BOUIA. Nació en la región de Rabat (Marruecos), en el pueblo de Olad

Dahou. Estudió Derecho en la Universidad de Rabat. Aprendió la mayor parte de los cuentos que narra de boca de una vecina a la que llamaba tía y también de su madre. Ahora vive en Mataró (Cataluña) y le gusta contar cuentos a los niños y niñas, especialmente a su hijo Ahmed de tres

años, al que se los cuenta, como es natural, en árabe. Sus cuentos proceden del almacén de su memoria y para redactarlos utiliza el recuerdo que de ellos guarda.

Cultura latinoamericana: MARTHA ROCÍO ESCUDERO GUERRERO. A las seis de la mañana de un día de junio de hace algunos años, nació en la ciudad de México. Alguna inquietud le llevó a estudiar música desde pequeña y a cumplir con la educación formal soñando con llegar a la Academia de San Carlos, la escuela de  más tradición y reconocimiento en Artes Plásticas. Llegó a San Carlos y combinó la música con la pintura hasta que un día descubrió a un hombre que en medio de una plaza gritaba: «Órale, vengan todos, que van a empezar los cuentos.» Quedó atrapada y sigue prisionera de la fascinación de oír y de contar, actividades que actualmente practica en Barcelona, ciudad en la que reside.

Cultura japonesa: MINORU SHIRAISHI. Nació en Japón. Cuando era pequeña le gustaba mucho escuchar a los adultos hablando de sus vidas, aun-

13

que no entendía algunas cosas. Durante su adolescencia pasó seis años escolarizada en una residencia y a sus amigos les gustaba escuchar los cuentos que ella les contaba antes de ir a dormir. Cuando fue a la Universidad, en Tokyo, publicó libros de cuentos ilustrados por ella misma. Ahora vive en Barcelona y cuenta cuentos japoneses tradicionales a los niños españoles para que disfruten con ellos lo mismo que ella disfrutaba cuando era pequeña.

Cultura africana: Inongo-vi-Makomé. Nació en Lobe (Kribi), un poblado situado a la orilla del

océano Atlántico, en el sur de Camerún. Estudió en Camerún, luego en Malabo (Guinea Ecuatorial). Acabó en Valencia, donde ingresó en la Facultad de Medicina, y continuó en Barcelona, donde vive actualmente. Abandonó la Medicina para estudiar, escribir y narrar cuentos. Se puede decir que es un gran admirador de los creadores de cuentos tradicionales.

14

Como ilustradora:

MABEL PIÉROLA. Renació en Madrid en 1953. Dibuja desde que tiene uso de «sin razón»... Viaja desde ni se sabe... Escribe y vive del cuento desde hace más de trece años. Ejerce su oficio en Sitges. Junto al mar, le nacieron tres hijos sin pelo, dos hijas peludas, un sol y dos inviernos.

MADRID
MABEL PIÉROLA

OLAd Dahou
RABAT
BADIA BOVIA

Ciudad de México
MARTHA ESCUDERO

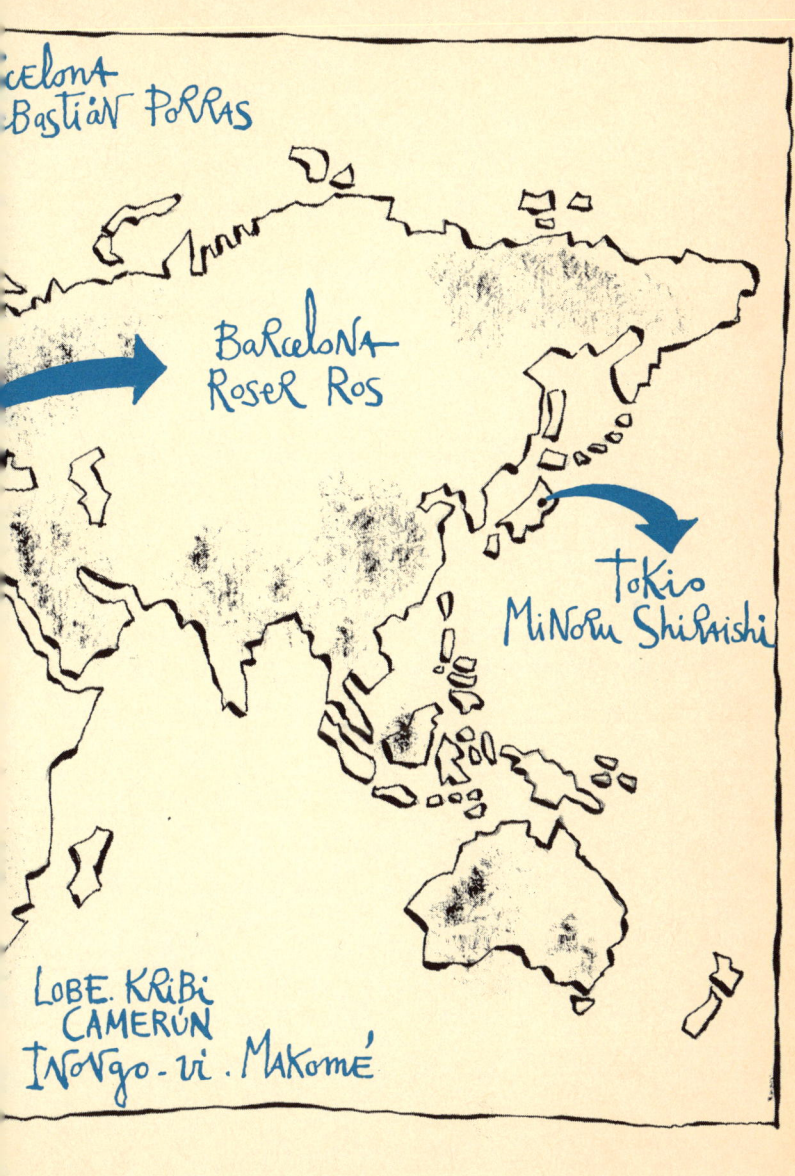

Barcelona
Bastián Porras

Barcelona
Roser Ros

Tokio
Minoru Shiraishi

Lobe. Kribi
Camerún
Inongo-vi·Makomé

Los cuarenta gitanos tontos

por Sebastián Porras Soto

Cuento gitano o *Rromano*

EN un extremo de lo que antes era conocido como Yugoslavia se encuentra un país llamado Macedonia. Sutka es un pueblo que linda con la capital, Skopje, y casi la totalidad de sus habitantes son gitanos. Es un pueblo grande en cuyo paisaje se alternan las viviendas más humildes con modernas edificaciones recién construidas. Muchas de las personas que visitan por primera vez este lugar sienten algo especial al caminar por las calles, comprar en las tiendas o comer en los bares. La diferencia es que todas las personas con las que hablan, negocian o simplemente se cruzan en la acera, son gitanos y gitanas.

En esta parte del mundo, concretamente en Sutka, sucedió esta historia hace muchos años. Por aquel entonces el pueblo vivía una gran euforia económica que se palpaba en la calle. Se construían casas, la gente compraba ganado y renovaba su mobiliario, y la actividad cultural y social recobraba antiguos bríos. En aquella época se organizaron los primeros festivales de teatro infantil de la comarca y a la gente le dio por teñirse el pelo de amarillo.

Uno de los pocos sectores de la actividad ciudadana que sufrió un notable retroceso fue el de los diferentes cultos religiosos. La verdad es que la gente no estaba para muchos rezos, cuando podía disfrutar a rienda suelta de los placeres de la vida. Con el fin de hacer más atractiva la religión a los habitantes de Sutka, el alcalde del municipio —que, por supuesto, también era gitano— ideó un plan junto con los jefes eclesiásticos de los diferentes cultos. Una de las primeras medidas que decidieron tomar fue la reforma de la principal iglesia del pueblo. Una importante labor de restauración y saneamiento que incluía la construcción de un impresionante campanario de veinticinco metros de altura, de base circular, formado de una sola pieza de madera. Pero este proyecto no sería fácil de cumplir y más teniendo en cuenta que por aquella zona no abundaban los árboles de grandes dimensiones. Era muy raro encontrar un árbol que midiese más de quince metros. Y el alcalde, los religiosos y el arquitecto que diseñó el campanario —por supuesto, también gitano— querían un árbol de veinticinco metros de altura para construir la torre del campanario.

Un lunes por la mañana se reunieron en el ayuntamiento el alcalde, los mandamases religiosos y el arquitecto, y ordenaron llamar a un gitano de nombre Vania, que era uno de los pocos habitantes de Sutka que no tenía trabajo. Vania se asustó cuando los alguaciles fueron a buscarle a su casa porque pensaba que venían a detenerle, y por mucho que los guardias intentaron tranquilizarle, no pudieron evitar que Vania rompiese a llorar desconsolado. Cuando llegaron al ayuntamiento, los alguaciles ya habían convencido a Vania de que no tenía por qué preocuparse. Una vez estuvieron todos sentados alrededor de la mesa, incluido Vania —que ya había recuperado el color—, el alcalde dijo:

—Querido Vania, estamos muy contentos de que hayas aceptado nuestra invitación y estés aquí con nosotros. Quizás sepas que el gobierno municipal, lógicamente con la colaboración de las Iglesias y cultos religiosos presentes en nuestra insigne ciudad, ha decidido restaurar la iglesia mayor y construir un magnífico campanario que dé lustre al edificio —no explicaremos todo lo que dijo el alcalde porque habló de muchas más cosas y se enrolló como una persiana, y nosotros queremos ir al grano—. Tenemos un trabajo para ti —siguió el alcalde—. Queremos que reclutes a treinta y nueve gitanos más y organices una expedición al bosque con el fin de traer un árbol lo suficientemente alto para construir la torre del campanario de la iglesia mayor. Recuerda que tiene que ser de más de veinticinco metros de largo. ¡Vania, ya tienes trabajo!

—¡Ah...! ¡Ya...! ¡Vale! —dijo Vania sin mucho entusiasmo.

—No tienes por qué preocuparte de nada. Nosotros os daremos hachas, cuerdas, sierras, comida y dos monedas de oro para cada uno de vosotros. Debéis salir mañana mismo temprano por la mañana. Os esperaremos impacientes. ¡Suerte y salud!

El alcalde se levantó y abrazó con ímpetu a Vania mientras le daba las últimas consignas y palabras de aliento. Vania no sabía qué decir. Pero aunque se le hubiera ocurrido algo, el alcalde no le hubiese dejado interrumpir su pomposo discurso.

El gitano salió intentando convencerse de la suerte que había tenido al encontrar trabajo. Y además, era un encargo especial del mismísimo alcalde. Nada más abandonar el ayuntamiento, Vania fue a buscar a los treinta y nueve gitanos que le acompañarían en su expedición. La verdad es que no tenía muy claro cómo tenían que ser esas treinta y nueve personas y las reclutó como buenamente pudo. La cuestión es que al día siguiente, al despuntar el alba, los cuarenta gitanos salían del pueblo en busca de un árbol de veinticinco metros para construir el campanario. Cada uno de ellos llevaba un hacha, una sierra, cuerdas, dos monedas de oro y un zurrón con algunos tomates, pan, vino, pepinos y queso fresco. No acababan de tener claro qué significaba eso de ir a trabajar al bosque, incluso más de uno se fue con el pijama puesto y sus zapatillas a cuadros.

Caminaron, caminaron y caminaron por el bosque. Descansaron un rato al mediodía para comer algunos tomates y pepinos que llevaban en sus alforjas y beber un poco de vino, y siguieron caminando, caminando y caminando. Estuvieron todo el día andando de un lado para otro sin ton ni son. Hubo momentos que debían andar en círculos porque ni Vania ni ningún otro de los cuarenta gitanos sabían por dónde tirar. El cansancio empezó a hacer mella en sus cuerpos, que tampoco eran nada del otro mundo, y conforme se acercaba la noche, el hambre y el sueño se dejaban notar cada vez más. Los cuarenta gitanos, que eran más bien torpes y perezosos, decidieron parar y dejar la búsqueda del árbol de veinticinco metros para la mañana siguiente.

Una vez hubieron acampado, se dieron cuenta de que no tenían nada para comer porque ya habían devorado todas las provisiones, y a esas horas de la noche estaban hambrientos. En eso Vania descubrió, no muy lejos de allí, un pastor con un gran rebaño de ovejas. Fue corriendo y se dirigió a él:

—Amigo pastor, llevamos todo el día caminando y ahora estamos muertos de hambre. Necesitamos cinco de tus ovejas para poder guisarlas y comérnoslas esta noche.

—Lo siento, pero no puedo hacer eso —respondió el pastor.

—Tenemos que comer. Te daremos lo que quieras. Tenemos dinero.

—¿Cuánto dinero tenéis? —preguntó el pastor, mostrándose mucho más interesado en el negocio.

—Tenemos dos monedas de oro cada uno.

El avispado pastor contó en un abrir y cerrar de ojos cuántos eran y rápidamente exclamó:

—Por ochenta monedas de oro os venderé cinco de mis mejores ovejas. ¡Es un precio de amigo!

Vania aceptó el trato porque, como no sabía sumar, no se dio cuenta de que con ese negocio el pastor se quedaría con todas las monedas de oro que llevaban los cuarenta gitanos. Sea como sea, el hecho es que el pastor se quedó con todo el dinero y los cuarenta hombres pudieron comer esa noche. Por cierto que no se dieron mucha maña para cocinar las ovejas y la mitad se les chamuscaron, pero, quemadas y todo, se las comieron. Se inflaron a comer y saciaron su hambre voraz. Todos menos uno de ellos, el más joven, que no se quedó satisfecho porque no había nada de postre y él siempre tenía que acabar sus comidas con unas fresas con nata, un yogur con miel o una porción de tarta de nueces.

Una vez solucionado el problema de la comida, los cuarenta gitanos empezaron a bostezar uno detrás de otro y decidieron echarse a dormir. Pero tampoco fue fácil. Al tumbarse en el suelo uno al lado de otro, se dieron cuenta de que siempre había dos que quedaban en los extremos. Y nadie quería estar en las puntas porque tenían miedo. Estuvieron casi tres horas intentando encontrar alguna solución, pero eran incapaces de inventarse algo. Hasta que a Vania se le ocurrió llamar otra vez al pastor, que estaba durmiendo también por allí, y le pidió ayuda:

—¡Amigo pastor, tienes que ayudarnos! Tenemos sueño, pero ninguno de nosotros queremos acostarnos en los extremos porque tenemos miedo. ¡Por favor, ayúdanos! ¿Qué podemos hacer?

—Acercaos —dijo el pastor después de pararse a pensar un momento—. Yo solucionaré vuestro problema.

El pastor, que era un hombre listo, pidió a los cuarenta gitanos que se colocaran en el suelo formando un gran círculo. De ese modo, ninguno de ellos estaba en los extremos. Y para que no se movieran durante la noche, el pastor los ató con sus cuerdas. Por fin, los cuarenta hombres pudieron dormir, aunque, como no se habían acordado de traer mantas, se pasaron la noche tiritando y uno pilló un buen resfriado, lo que hizo que deleitase a sus compañeros con un concierto de toses y estornudos variados.

A la mañana siguiente, poco a poco, se fueron despertando los cuarenta gitanos, pero, como el pastor los había atado para que no se moviesen durante la noche, no podían levantarse. Hicieron fuerza, pero no había manera. Los nudos de las cuerdas estaban muy apretados y Vania y sus compañeros no podían ni mover un dedo. Por enésima vez, a Vania se le ocurrió pedir la ayuda del pastor, que todavía rondaba por allí pensando si podía sacar algún beneficio más. A los gritos de los cuarenta gitanos respondió, al cabo de un buen rato, el pastor, acercándose al lugar donde la noche anterior los había dejado atados.

—¿Qué queréis? Ahora estoy muy ocupado.

—¡Por favor, desátanos!

Accedió a desatarlos, pero, a cambio, los gitanos tuvieron que darle las hachas, las sierras y las cuerdas que llevaban. Realmente el pastor había hecho un buen negocio y se había aprovechado de los cuarenta gitanos. Ahora tendrían que continuar su búsqueda sin cuerdas, hachas y sierras,

y sin dinero. La situación era desesperante, pero ninguno de los gitanos parecía ser consciente de ello.

Reemprendieron su trabajo. Caminaron, caminaron y caminaron en busca del árbol de veinticinco metros necesario para poder construir la torre del campanario de la iglesia mayor de Sutka. Anduvieron, anduvieron y anduvieron sin saber dónde estaban.

Después de unas cuantas horas deambulando por el bosque, encontraron un árbol ideal para el campanario. Un hermoso árbol que medía unos treinta metros de altura. Estaba al borde de un barranco. Como los gitanos ya no tenían hachas ni sierras, no podían cortarlo. Estuvieron un buen rato sentados al borde del precipicio lamentándose y esperando el porvenir venturoso, sin mover ni una ceja. Al cabo de un tiempo, Vania lanzó un grito tremendo:

—¡Ya lo tengo!

—¿Qué tienes? —preguntó, despistado, uno de los gitanos.

—¡Qué va a ser, tonto! Ya sé cómo cortar el árbol. ¡Seguidme todos!

Vania pidió a sus compañeros que se fueran colgando del árbol, que estaba al borde de un precipicio. El primero que se encaramó fue el que se había resfriado la noche que durmieron a la intemperie. Después de él se colgaron los demás, agarrándose a los pies del anterior y así uno detrás de otro, hasta formar una larga hilera por el lado que daba al barranco. Se colgaron todos menos dos que estaban especialmente asustados. Vania pretendía romper el tronco del árbol con el peso de sus propios cuerpos. Cuando ya estaban colgados los treinta y ocho gitanos —Vania entre ellos—, al primero de la fila le dio por estornudar y se soltó del tronco. Los treinta y ocho gitanos cayeron por el precipicio y murieron aplastados por el árbol, que cayó con ellos.

Los otros dos gitanos se asustaron tanto de ver el trágico final de sus amigos que empezaron a correr y correr despavoridos. Después de correr más de dos horas se pararon desfallecidos y agotados debajo de un árbol. Tenían hambre y vieron un pájaro en una de las ramas del árbol bajo el que descansaban. Uno de los gitanos trepó por el tronco y las ramas hasta que estuvo a la distancia adecuada para alcanzar el pájaro, que luego querían cocinar y comerse. Pero, cada vez que hacía el intento de agarrarlo, el pájaro revoloteaba y se movía. Hasta que el gitano se decidió a echarle mano de una vez, con tan mala fortuna que perdió el equilibrio y cayó desde lo alto dando con sus costillas en el suelo, en un golpe tremendo que acabó con su vida.

El último gitano que quedaba salió corriendo despavorido hasta que se paró para descansar a la orilla de un río. El hombre quedó alucinado porque nunca había visto un río y descubrió que su imagen se veía reflejada en el agua. Ensimismado con esa visión, se fue acercando más y más a la orilla, contemplando su rostro reflejado en el agua. Tanto se acercó, que cayó al río, la corriente lo arrastró y murió ahogado.

De tal manera ocurrieron las cosas que de los cuarenta gitanos no quedó ninguno que llevase a Sutka el árbol para poder construir la torre del campanario de la iglesia mayor. Pero los gitanos de hoy en día recordamos con cariño a aquellos cuarenta gitanos tontos y despistados, y estamos muy orgullosos de ellos. Somos afortunados porque aquellos cuarenta gitanos eran los tontos, pero el resto, los que se quedaron en el pueblo, eran los listos. Por eso, generación tras generación, seguimos siendo listos e inteligentes, ya que los únicos tontos que había, desaparecieron.

La reina que era
más lista que su marido

por Roser Ros Vilanova

Cuento mediterráneo europeo

ÉRASE una vez un hombre que tenía tres hijas. Vivían en una casa muy pequeña pero suficiente para los cuatro. También tenían un huerto y, en él, una mata de albahaca que era muy apreciada por toda la familia. Llegó el verano, y con aquel calor que hacía la albahaca se quedó tan triste y tan mustia que daba pena mirarla y verla. A las muchachas les daba mucha lástima que la planta sufriese tanto con el calor, y como la apreciaban de verdad, decidieron regarla a medianoche a ver si así levantaba cabeza.

Y sí, sí, dicho y hecho. Como las tres hermanas se llevaban bien, acordaron hacer turnos para ir a regar. De este modo, cada una de ellas sólo tendría que levantarse cada tres noches. Así, no resultaba tan pesado.

La primera noche que salió a regar la hermana mayor, le pareció que alguien la estaba observando. Alzó los ojos y vio al rey tomando el fresco sentado encima de la pared de su huerto.

—Muchacha que riegas la albahaca, ¿cuántas hojas tiene la mata? —dijo el rey como único saludo.

La chica se asustó tanto que se quedó sin habla. Dejó caer toda el agua de golpe sobre la albahaca y corrió a meterse en casa.

Cuando la segunda noche le tocó el turno a la hermana mediana, el rey, que ya la estaba esperando, la saludó de este modo:

—Muchacha que riegas la albahaca, ¿cuántas hojas tiene la mata?

¡Ay, caramba! La chica se quedó helada. Si en aquel momento la pinchan, no le sacan sangre. Como le había sucedido a la hermana, echó el agua a toda prisa encima de la albahaca y corrió a meterse en casa.

La tercera noche salió a regar la hermana pequeña. Y el rey, que no dudaba que en aquella ocasión también saldría una muchacha a regar, la saludó como solía:

—Muchacha que riegas la albahaca, ¿cuántas hojas tiene la mata?

¡Vaya! ¡Si era el rey en persona! Pero la chica, tras la primera sorpresa, le dijo:

—Decidme cuántas estrellas hay en el cielo, y yo os diré cuántas hojas tiene la albahaca —al decir aquellas palabras no se sintió en absoluto acobardada por la presencia del real personaje.

En cambio, el rey, ¡a fe que quedó realmente sorprendido! La respuesta de la chica le había pillado completamente desprevenido. Era como si se le hubiera venido encima toda el agua de la regadera.

A la mañana siguiente, la hermana pequeña, toda entusiasmada por el encuentro con el rey, pidió a sus hermanas mayores que le permitiesen salir a regar la albahaca aquella noche. Bien contentas le cedieron el turno, pues lo de levantarse a medianoche para regar era un auténtico fastidio.

Así pues, la chica salió de nuevo a regar. Como aquella noche el rey también salió a tomar el fresco, apenas vio a la chica con la regadera en la mano, volvió a decirle:

—Muchacha que riegas la albahaca, ¿cuántas hojas tiene la mata?

—Vaya, ¿otra vez con lo mismo? ¿No os lo dije ayer, majestad? Decidme cuántas estrellas hay en el cielo, y yo os diré cuántas hojas tiene

33

la albahaca —volvió a decirle la chica. Por la voz que puso y por su ademán, nadie diría que hablar con el rey de aquel modo le diese vergüenza.

El rey se fue todo abochornado hacia palacio con el firme propósito de descubrir quién era aquella chica de lengua tan larga e ingenio tan afilado. Pregunta por aquí, pregunta por allá, y cuando hubo descubierto lo que le interesaba, el rey se disfrazó de vendedor de pañuelos y se fue muy decidido al barrio donde vivía aquella chica junto con sus otras dos hermanas y su padre.

—¡Pañuelos! ¿Quién me compra pañuelos? —iba vociferando el rey—. ¡Los vendo baratos y a las muchachas lindas no les cobro nada! Anda, venga, ¿quién me compra un pañuelo?

Con aquellas voces y con propaganda tan buena, todas las chicas, todas las mozas, todas las madres e incluso todas las mujeres mayores salieron de casa para ver lo bonitos que eran aquellos pañuelos y a qué precio podrían hacerse con ellos.

—¡Lo quiero morado! —gritó una.

—Pues… —decía el rey mirando fijamente a la posible compradora—, a ti te lo tendré que cobrar a cinco duros.

—¡Córcholis!

—A mí me gusta ese que tiene un tono anaranjado —vociferaba otra.

—Pues… —volvía a decir el rey con los ojos clavados en la nueva clienta—, también a ti te lo cobraré, pero te pediré cien pesetas.

—Caramba, ¡qué caro!

—Y éste tan fino, ¿qué precio tiene?

—Ahora mismo te lo digo —dijo el rey, mientras pensaba lo que le pediría a la nueva compradora.

Entre todo el gentío que se había acercado a ver la mercancía estaban también las hermanas que regaban la albahaca por las noches. Al verlas, el rey abordó directamente a la más pequeña mostrándole sus pañuelos:

—¿Y tú, mocita, no me vas a comprar ningún pañuelo?

—¡Me muero de ganas, buhonero! —dijo la chica y, señalando uno, le preguntó el precio que tenía.

—¡No tiene mal gusto la muchacha! Has escogido el más caro.

—¡Oh, vaya! Si es el más caro, no podré comprarlo…

—¿Y si te digo que te lo regalo?

—¿Y por qué iba a hacerlo? —preguntó la muchacha al falso buhonero.

—Por tu linda cara, mocita.

Al oír aquello, la chica se puso roja como un pimiento, pero, como le hacía gran ilusión lucir aquel pañuelo, lo tomó bruscamente de las manos del rey y se metió toda avergonzada en casa.

Pero el buhonero no la pudo seguir, porque un montón de mujeres que habían visto cómo el hombre regalaba el pañuelo a la chica, también querían que les regalase uno a ellas, ¡o dos!

—¡Eh, buhonero! —le chillaban—. ¿Y a mí no me vais a regalar ninguno?

—¡No, que no tenéis una cara tan linda! —respondía el buhonero para sacárselas de encima.

—¡Conque no tenemos la cara bonita!

—¡Qué desvergüenza!

—¡Ni por asomo, mozas! —se excusaba el buhonero.

—¿Me habéis mirado bien? —decía una.

—¿Es que no tenéis ojos en la cara? —exclamaba otra.

—¿Habéis olvidado los anteojos? —preguntaba la de más allá.

Y suerte tuvo el buhonero que, mientras las mujeres iban desgranando sus quejas, pudo escabullirse como pudo. Si no, se tendría que haber quedado allí por siempre jamás y, lo que es más grave, el cuento se nos habría encallado y no podríamos continuar.

Pero que nadie se asuste, pues, de nuevo, al caer la noche, la muchacha salió a regar la albahaca. Ni que decir tiene que el rey ya la estaba esperando y, esta vez, con mucha más impaciencia que la última noche.

—Muchacha que riegas la albahaca, ¿cuántas hojas tiene la mata? —la saludó el rey.

—Decidme cuántas estrellas hay en el cielo, y yo os diré cuántas hojas tiene la albahaca —dijo la muchacha sin pensarlo ni gota.

—Ponte tres veces el pañuelo que te he regalado —le contestó el rey, que esta vez iba bien preparado—, y te diré cuántas estrellas hay en el cielo.

—¡Conque el buhonero erais vos! —exclamó llena de asombro la muchacha, y como esta vez no se lo esperaba, fue a toda prisa a meterse en casa, y tan deprisa se escabulló que ni tiempo le dio de echar agua a la albahaca, que, ¡pobrecilla!, se estaba muriendo de sed.

Pero durante toda la noche, la muchacha no pudo pegar ojo de tanto coraje que le daba el no haber sido capaz de dar una respuesta al rey. De modo que, piensa que piensa, dale que dale, encontró el modo de desquitarse: se metió en la cocina y de allí no salió hasta cocinar una torta igualita igualita a la de las mejores pastelerías del país.

Al despuntar el alba, la chica llamó a su padre y le pidió que se acercase al palacio del rey a llevarle aquella torta recién hecha.

—Sobre todo, padre, decidle al rey que soy yo quien se la mando.

El padre accedió a cumplir el encargo que su hija le había dado y, camina que caminarás, se fue al palacio del rey.

Cuando el rey hubo recibido la torta, no pudo resistirse a probarla. ¡Más valdría que no lo hubiera hecho! Era la torta más mala, más salada

y más horrible que jamás se había metido en la boca. Veréis, cuando hizo la torta, la chica había imitado adrede las maneras de las mejores pastelerías, pero también había puesto los peores ingredientes: harina pasada, un saquito de sal, levadura de la peor y frutas secas como la piedra.

Nada más tener aquella porquería en la boca, el rey se enfadó mucho, mucho. ¿O sea que la chica le había enviado aquello para hacerle enfadar? ¿O quizás su intención había sido tomarle el pelo? Sea como fuere, el rey se dijo para sus adentros que lo mejor sería esperar a que llegase la noche. Y entonces, ¡ah, entonces…! De momento, la saludó del modo acostumbrado:

—Muchacha que riegas la albahaca, ¿cuántas hojas tiene la mata?

Y ella:

—Decidme cuántas estrellas hay en el cielo, y yo os diré cuántas hojas tiene la albahaca.

Y él:

—Ponte tres veces el pañuelo que te regalé, y te diré cuántas estrellas hay en el cielo.

Y ella:

—Y de la torta que os mandé, ¿cuándo me vais a hablar?

Y él:

—…

No dijo ni mu. El rey no dijo esta boca es mía. ¡Con lo bien que iba todo! ¡Aquello parecía un partido de ping-pong! ¡Ahora uno, ahora el otro!

Pero no, su majestad lo echó todo a perder porque no pudo abrir la boca, ¡tan grande era su disgusto! Se marchó sin decir nada a palacio y no paró de pensar en cómo podía desquitarse.

A la mañana siguiente, el rey, que pasó en vela toda la noche, atareado en eso que ya sabéis, mandó llamar al padre de la muchacha. Cuando lo tuvo delante, le dijo:

—Aquí tenéis esta cesta llena de huevos. Es para vuestra hija. Decidle que los ponga debajo de la clueca y que me avise cuando salgan los pollitos.

Dicho y hecho, el hombre tomó la cesta de huevos y se marchó a casa a encontrar a su hija y darle el encargo del rey, tal y como éste se lo había confiado.

La chica, que no se fiaba un pelo del rey, empezó a romper los huevos uno a uno. Y tal y como se temía, pudo comprobar que en la cesta no había ningún huevo fresco. Todos estaban hechos y bien duros. En el estado en que se encontraban, aquellos huevos sólo eran buenos para tomar con mayonesa.

Pero la chica quiso contestar a aquella broma del rey con otra broma. Llamó a su padre y le dijo:

—Padre, tenéis que ir nuevamente a casa de su majestad. Llevadle este plato de arroz hervido y decidle que no me avise hasta que el arroz haya sido plantado y haya echado brotes.

El hombre se fue a palacio. Aunque procuraba cumplir los encargos al pie de la letra, eso no le impedía pensar que tanto el uno como el otro estaban un poco mal de la azotea.

Cuando el rey recibió el mensaje que el hombre le llevaba de parte de su hija, ya no tuvo ninguna duda de que aquella era la chica más lista que había sobre la faz de la tierra. Y determinó que, si ella y su padre lo aceptaban, se casaría con ella. Así que, aprovechando el viaje de vuelta que el hombre tenía que hacer a su casa, el rey explicó al padre de la chica lo de la boda. El hombre no puso ninguna pega, pero le dijo al rey que primeramente debía consultarlo con su hija pequeña.

Al llegar a casa, el padre se puso a explicar a sus hijas las intenciones del rey. Todos los de aquella casa se alegraron de verdad, pero quien se sintió más contenta fue la hermana pequeña, pues, a fin de cuentas, el rey no le disgustaba en absoluto, ya que tenía buena planta y demostraba un gran ingenio para dar conversación e inventarse bromas. Claro que ella tampoco le iba a la zaga: era muy guapa, ingeniosa y ¡vaya maña tenía devolviéndole las bromas al rey!

Así que se fijó la fecha de la boda y la muchacha se fue a vivir a casa del rey, que a partir de entonces ya era su marido.

—Querida —le dijo el rey no bien ella hubo puesto el pie en palacio—, ésta es mi casa y eres muy bienvenida. Pero es preciso que tengas algo presente: por nada del mundo tienes que meterte en mis asuntos. Si no cumples lo que te digo, me veré obligado a echarte para siempre.

—Querido —le respondió la chica—, ésta es tu casa y yo estaré en ella muy a gusto. Pero si llega el momento en que me tengas que echar —¡el diablo no lo quiera!—, te pido que me permitas llevarme a mi casa la cosa que más quiero de este palacio tan hermoso que tienes.

—¡Sea!, querida —dijo el rey bien tranquilo—. ¡Y ahora a ser felices y a vivir en paz!

Y durante varias semanas la vida en palacio parecía realmente una balsa de aceite. Pero un día...

Un día el rey y la reina salieron a pasear y de repente oyeron unos gritos horribles que procedían de dos mujeres que se peleaban como locas.

—¡Que te digo que es mío!

—¡Que no, que es mío!

—¡Que no!

—¡Que sí!

Como no se ponían de acuerdo, el rey, que era el soberano de todas las gentes del reino y se sentía realmente responsable de la tranquilidad de los hombres y mujeres de sus tierras, se acercó y dijo:

—Señoras...

Pero ellas, erre que erre, no oían nada de nada.

—Señoras, por favor...

Nada que hacer. Los gritos iban aumentando.

—¡Señoras! ¡Haced el maldito favor de callaros de una vez! —dijo el rey con un vozarrón que resonó por todo el valle como si de un trueno se tratara.

—¡Majestad! —exclamaron entonces las dos mujeres, bien sorprendidas. Sólo así cesaron de gritar. Y de pelearse.

—¿Podríais explicarme las razones de vuestros gritos?

—Sí, majestad —empezó una de ellas—. El caso es que esta mujer tiene una pollina y yo una burra.

—Muy bien —dijo el rey.

—El caso es que esta noche la burra ha tenido una cría.

—Y dale —interrumpió la otra mujer—. No le hagáis caso, majestad. La que ha tenido una cría esta noche ha sido mi pollina.

—Y dale —la interrumpió la que había hablado primero.

Tras mucho esfuerzo, y después de escuchar a las dos mujeres con mucha paciencia, el rey pudo aclarar lo que había pasado realmente: la pollina, que pertenecía a una de las dos mujeres, y la burra, que era de la otra, habían pasado la noche en el mismo establo. Esa noche había nacido una cría y las dos mujeres la reclamaban como suya. Una, la dueña de la burra, decía que, entre una pollina y una burra, sólo era esta última la que podía tener crías. Por eso, decía, la cría era suya. La otra, la dueña de la pollina, decía que por la mañana, cuando había entrado en el establo, la cría recién nacida estaba bajo los pies de la pollina y que, por lo tanto, nadie le podía negar que la cría era suya y bien suya.

Una vez oídos los argumentos de las dos mujeres, el rey dictó sentencia:

—Señoras, el caso está bien claro: si la cría estaba bajo las patas de la pollina es de este animal y, por tanto, también de su dueña.

—¡Majestad, así me gusta! Así es como se dicta justicia —exclamó la dueña de la pollina, bien contenta porque la sentencia iba a su favor.

—¡Vaya! ¡Me río del rey y de su justicia! —exclamó, en cambio, la dueña de la burra.

Mientras, la reina se había mantenido un poco alejada de los hechos y de las discusiones, pero no había perdido detalle. Bien recordaba qué promesa le había hecho al rey: no meterse en sus asuntos. Pero el caso es que al oír la sentencia de su marido, pensó que se había pasado de la raya. Sin perder ni un instante, la reina fue tras la dueña de la burra, que, refunfuñando, estaba a punto de marcharse, toda ofendida por el giro que habían dado las cosas, y le susurró al oído:

—Mujer, si queréis os voy a dar un consejo que no sólo os permitirá recuperar vuestra cría, sino que también dejará al descubierto que la sentencia del rey ha sido errónea.

—Seguiré muy a gusto vuestro consejo, majestad. Decidme, os escucho.

La reina indicó a la mujer que se dirigiese a una alberca que había por ahí y que hiciese como que pescaba. Ella, la reina, se ocuparía de llevar al rey hacia allí, y cuando él le preguntase qué estaba haciendo, sólo tendría que contestarle que esperaba pescar muchos conejos. Y bla, bla, bla...

Dicho y hecho. La mujer se encaminó a la alberca y empezó a hacer como que pescaba.

Cuando el rey, conducido por su mujer la reina, pasó por allí, no pudo evitar preguntar a la mujer qué era lo que hacía.

—Pescar conejos, majestad —dijo alegremente la mujer.

—¿Pescar conejos? ¿En una alberca? —repitió el rey, incrédulo.

Entonces la mujer le espetó las palabras que la reina le había susurrado al oído no hacía demasiado rato:

—Tan posible es pescar conejos en una alberca como el que una pollina tenga una cría.

Al oír estas palabras, el rey se puso colorado como un tomate de tanta vergüenza que sentía. Era verdad que se había equivocado del todo con la sentencia: sólo las burras, que son las hembras de los burros, pueden tener crías. ¡Había cometido un gran error! Pero acto seguido, el rey se volvió hacia la reina y, por la manera como ésta le miraba, enseguida adivinó que la respuesta de la mujer no había salido de su cabeza sino de la de la reina, que demostraba, una vez más, ser mucho más lista que él. Entonces el rey se puso rojo de rabia: ¡con aquel consejo su mujer acababa de romper el trato que él le había propuesto al casarse! ¡La pondría de patitas en la calle! ¡Sí, señor! ¡Qué se había creído!

La reina, que ya se temía que aquello pasaría cualquier día, se preparó para marcharse de la casa de su marido. Pero, como tenía permiso del rey para llevarse lo que más quisiera de palacio, durante la última cena que tuvieron juntos puso hierbas adormecedoras en la comida del marido. Cuando quedó roque, lo acostó en una litera y, ayudada de algunos sirvientes, se lo llevó a casa de su padre y sus dos hermanas.

A la mañana siguiente, cuando el rey despertó, no reconoció ni la cama ni las sábanas donde había descansado, ni la habitación en que se encontraba, ni las ventanas que daban paso a la luz del día, ni el murmullo de la casa donde estaba. Extrañado, salió a dar una vuelta y, como no había nadie, se dirigió hacia el huerto. Allí vio a una muchacha que regaba la albahaca.

—Muchacha que riegas la albahaca, ¿qué hago yo en esta casa?

Al oír aquella pregunta, la muchacha, sin volverse, contestó pausadamente:

—Cuando tú y yo nos casamos, hicimos un trato, ¿verdad?

Y él:

—Quizás sí…

Y ella:

—Yo me comprometía a no meterme en tus asuntos…

Y él:

—Y no lo cumpliste…

Y ella:

—Por eso, porque sabía que un día u otro no podría cumplirlo, te pedí permiso para llevarme de tu palacio aquello que más quisiera.

Y él:

—¿Luego?

Y ella:

—Pues aquí te tengo. Te he traído a ti porque tú eres lo que más quiero.

Y aquí se terminó el diálogo. El rey había comprendido que la reina era mucho más lista que él, pero, al mismo tiempo, había comprendido otra cosa mucho más importante: quería a aquella chica tanto o más que ella a él. Por tanto, valía más que emprendiesen el camino de vuelta a palacio. Y allí fueron felices. Desde entonces, a la reina ya no se le impidió nunca más que metiera las narices en los asuntos del rey. Por eso reinaron los dos con sabiduría y prudencia.

Las peripecias de Juha

por Badia Bouia

Cuento árabe

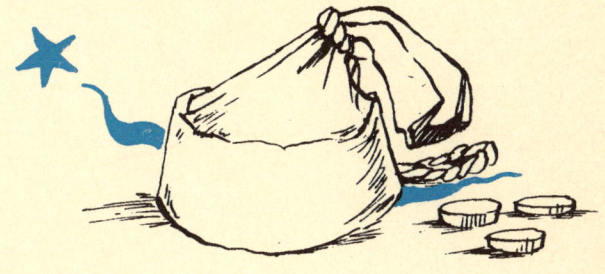

HABÍA una vez un hombre llamado Juha. Era más bien pobre, pero le gustaba compartir con los demás lo poco que tenía. Todos en el pueblo habían tenido ocasión de probar su generosidad. Más de uno había sido invitado a su mesa, donde se comía lo poco que el anfitrión poseía. Pero había tal alegría alrededor de aquella mesa, se sentía uno tan a gusto, el ambiente de camaradería que se respiraba era tan agradable, que todo el mundo deseaba acudir a los convites de Juha. Aunque fuera una sola vez.

Juha tenía por vecino a un hombre llamado Kindi, rico pero avaricioso como pocos. Siempre criticaba a Juha y no desperdiciaba ninguna ocasión para echarle en cara su generosidad. Pero sus críticas no hacían mella en Juha, que seguía invitando a su mesa a cuantos querían.

Juha era un hombre muy apreciado por el pueblo. No así su vecino, el rico pero avaricioso Kindi, que nunca había tenido un solo gesto de generosidad hacia ellos. Por este motivo, en cuanto le veían, todos se apartaban de él como si se tratara de una maloliente mofeta.

Un día, Juha tuvo que ausentarse de su casa y le pidió a su vecino, el rico y avaricioso Kindi, si podía ocuparse del asno. Como Kindi dijo que sí, Juha pudo emprender el viaje con toda comodidad, pensando que dejaba el animal a buen recaudo.

Así que Juha estuvo de vuelta, pasó por la casa de Kindi para recoger lo que era suyo. Pero, antes de devolverle el animal, el vecino le informó de que debía pagar el importe de la paja que había tenido que comprar para alimentar al asno. Juha, pues, no tuvo más remedio que pagarle al vecino lo que éste reclamaba y regresó a casa seguido del asno. Mientras iban de camino, una idea le daba vueltas y más vueltas en la cabeza: ¿habría algún modo de acabar con la avaricia de

Kindi? A Juha le apetecía un montón dar una lección a su vecino.

Después de mucho pensar y de mucho cavilar, finalmente se le ocurrió algo que, a su parecer, podría hacer que su vecino Kindi comprendiera, de una vez por todas, que aquélla no era manera de ir por el mundo.

La mañana siguiente Juha salió temprano de su casa y, acercándose a la tienda de Ahmed, compró el mejor turbante que tenía. Era blanco, brillante, hecho con tela de gran calidad. A Juha le costó muy caro.

Acto seguido, pasó por el restaurante y allí pagó una comida para dos comensales, dejando claro que iría al mediodía con un invitado.

Luego se acercó al mercado y, viendo un puesto donde vendían asnos, compró uno a condición de que se lo guardaran, que pasaría a recogerlo al cabo de un rato.

Antes de volver a casa, Juha todavía tuvo tiempo de visitar un puesto de frutas y dejar pagado un par de kilos de la mejor, aclarando que iría más tarde a buscarla.

Y antes de entrar en su domicilio, Juha hizo una visita a su vecino.

—Kindi, tengo que comunicarte que soy un hombre afortunado —le dijo Juha al verle.

—Pues, siendo pobre como eres y encima derrochador empedernido, tiene gracia haber encontrado la fortuna —le contestó Kindi con voz sarcástica.

—Bueno —dijo Juha en tono conciliador—, de vez en cuando los pobres también tenemos nuestro minuto de gloria.

El vecino no reparó en el tono burlón de las palabras de Juha.

—Y ¿dónde está, si puede saberse, esa fortuna que afirmas haber encontrado? —preguntó.

—Pues, sencillamente, está en mi cabeza.

—Ah, ¡claro! —se rió el vecino al tiempo que hacía girar el dedo índice de su mano sobre la sien, indicando que Juha estaba loco.

—¡Como lo oyes! En el turbante que llevo puesto en la cabeza —dijo Juha señalando su cabeza.

—¡Tonterías! —respondió Kindi.

—¿Tonterías, dices? —dijo a su vez Juha—. Esto que ves en mi cabeza no es un turbante cualquiera, es el turbante de la fortuna. Te invito a dar una vuelta conmigo para que te convenzas de sus poderes.

—¡Bien, acepto! —dijo Kindi, dispuesto a ver cómo su vecino Juha caía en el más grande de los ridículos.

—¡Así me gusta! —le contestó Juha.

Y acto seguido, le invitó a un restaurante. Allí Juha y su vecino Kindi comieron hasta la saciedad. Cuando llegó la hora de pagar, Juha se pasó dos dedos de la mano derecha alrededor del turbante y entonces el camarero dijo:

—¡Está bien, Juha, todo está pagado!

En vista de aquello, el vecino se quedó estupe-facto y empezó a pensar que quizás era cierto que aquel era el turbante de la fortuna.

Pero Juha le pidió que antes de regresar le acompañara a comprar un asno, pues necesitaba otro animal de esas características en su casa, y el vecino le acompañó. Cuando Juha hubo escogi-do el animal y ya se disponía a llevárselo consigo, el hombre se pasó dos dedos de la mano derecha alrededor del turbante y entonces el tratante de animales exclamó:

—¡Está bien, Juha, todo está pagado!

¡El vecino se moría de envidia! Este senti-miento le invadía todo el cuerpo y no hacía más que pensar cómo conseguir un turbante como aquel.

Pero Juha todavía no había terminado su plan. Le pidió a su pasmado vecino que le acompañara a la tienda de frutas de la esquina. El vecino no pudo negarse, pues la curiosidad y la envidia po-dían más que él mismo.

Al llegar a la tienda, Juha escogió dos kilos de la mejor fruta y, cuando la tuvo pesada y en-vuelta, el hombre se pasó dos dedos de la mano derecha alrededor del turbante, y entonces el vendedor se acordó de él y dijo:

—¡Está bien, Juha, todo está pagado!

La curiosidad y la envidia invadían a Kindi a partes iguales y, de repente, sin esperar más abordó a Juha y exclamó:

—¡Juha! Nunca hubiera podido creer que existiera el turbante de la fortuna. Pero acabo de ver ante mis propias narices que este objeto mágico existe de verdad y que es el que llevas enrollado en la cabeza.

—¡Por fin me has tomado en serio, querido vecino! —dijo Juha con lágrimas en los ojos—. Desde ahora me gustaría que me tuvieras como a alguien que está a tu misma altura.

—No sólo eso, mi querido Juha. A partir de ahora no tendré ni un momento de reposo si no logro que me vendas el turbante de la fortuna.

—Querido Kindi, esto que me pides es muy difícil para mí —contestó Juha con un tono de voz falsamente compungido—. ¿Cómo quieres que me desprenda de una prenda como ésta? ¿Es que no puedes entender la infinita alegría que tengo al poseer algo en mi vida que me proporciona la fortuna que me ha sido negada desde pequeñito? Además, suponiendo que quisiera vendértelo, ¿sabes que su precio es elevadísimo?

—Pero Juha, yo soy un hombre enormemente rico. Tú dime el precio de tu turbante y estáte seguro de que te será pagado, moneda a moneda.

Y Juha puso precio al turbante de la fortuna. Al oírlo, el vecino por poco se desmaya. Le pareció como si el mundo empezara a dar vueltas a su alrededor, y notó que se volvía bizco por momentos y que los oídos le zumbaban como si en ellos se hubiera escondido un enjambre de abejas.

Ciertamente, la cantidad era elevada, sí, muy elevada, claro, ¡ufff, elevadísima!, más aún, ¡era excesivamente elevada!

Pero Kindi había dado su palabra de que, por elevada que fuera la cantidad, la pagaría. Y así fue. Aunque, todo hay que decirlo, para convertirse en dueño y señor del turbante de la fortuna, Kindi tuvo que juntar todo su dinero, pedir prestado y empeñar casas, joyas y todo cuanto poseía.

Juha cobró de su vecino hasta el último céntimo y aprovechó que aquella era la primera vez en su vida que poseía algo para montar una tienda.

En la tienda de Juha se vendía de todo y, claro, la gente que pasaba por allí entraba a comprar con la certeza de que encontraría algo.

Con el tiempo, el bazar de Juha se convirtió en un negocio floreciente. Era tanto el trabajo que daba la tienda, que no podía atender él solo a la clientela. Así que decidió tomar un dependiente.

Al correr de los años, el ayudante de Juha fue conociendo cada vez mejor su trabajo, cosa que permitía al dueño de la tienda ausentarse de vez en cuando del negocio.

Confiando en el buen hacer de su ayudante, un día Juha acudió a la tienda más tarde. El buen hombre había aprovechado para ir a comprar género y visitar a alguno de sus amigos de antaño, que con el ajetreo de la tienda no había visto desde tiempo atrás. Cuando llegó al negocio, Juha no vio al dependiente por ningún lado, pero no le dio mucha importancia, pues pensaba que debía de estar en el almacén. En efecto, la tienda aparecía un poco vacía de mercancías. Pero pronto Juha se dio cuenta de que aquel vacío era debido a la fuga de su dependiente. ¡El muchacho había huido con todo el dinero, que era muchísimo, y algunos de los objetos de más valor que había en la tienda!

Dejando a un lado el disgusto por el robo que había cometido su ayudante, el pobre hombre estaba muy apenado, pues había depositado en el muchacho todas sus esperanzas y tenía la idea de dejar poco a poco el negocio en sus manos. Pero los hechos le demostraban con cuánta cautela hay que ir antes de confiar a pies juntillas en los demás.

Mientras tanto, con el botín del robo, el dependiente de la tienda de Juha decidió huir lo más lejos posible y así poder disfrutar de sus nuevas riquezas sin tener que dar cuenta a nadie de dónde procedían ni de cómo las había conseguido.

Tras el robo, su vida había dado un vuelco completo. Ahora podía llevar una vida regalada, una existencia llena de comodidades, lejos para siempre del trabajo y de los horarios que estaba obligado a seguir en su vida anterior.

Y transcurrió mucho tiempo. El dependiente llevaba una vida de rajá y Juha estaba atormentado por el robo acontecido en su tienda. Cuanto más pensaba en ello, mayor era su anhelo de ir en busca del ladrón y darle una lección.

Con el objetivo de dar con el granuja de su antiguo ayudante, Juha gastó lo poco que le había quedado en la compra de los enseres imprescindibles para emprender el viaje. Como no sabía qué dirección tomar, se decidió por la que le dictó el corazón. Y hacia allí encaminó sus pasos.

No bien hubo llegado al lugar, emprendió una búsqueda a ciegas entre los hombres más ricos que allí había. Y lo encontró. Su antiguo ayudante, el granuja ladrón de su negocio estaba allí, gordo como una vaca de tanto comer y gandulear, y brillante como la luna de un espejo a causa de los múltiples anillos y alhajas que lo adornaban.

—¡Al ladrón! —gritó Juha no bien le hubo visto.

Pero nadie dio crédito a sus palabras. Aquel rico hacendado, ¿un ladrón? ¡Imposible!

Apenas el antiguo dependiente hubo oído aquellas palabras, temeroso de que su antiguo señor descubriera a los demás qué clase de persona era en realidad y su pasado indigno, lo agarró y se le echó al cuello. Al poco, los dos hombres rodaron por el suelo, y se pelearon, y gritaron como locos, de tal modo que el juez del lugar les citó a juicio.

Durante la vista oral no hubo forma humana de aclararse. No había nada que hacer. Lo que

afirmaba uno de los condenados era inmediatamente negado por el otro, y viceversa.

Hasta que el juez les sometió a una prueba que, según dijo, siempre le había dado buenos resultados. Mandó a los dos hombres que se colocaran en el alféizar de la ventana, mirando a la calle, prohibiéndoles terminantemente darse la vuelta, oyeran lo que oyeran. Entonces, el juez mandó llamar a su criado y le dijo a grito pelado:

—Te mando que claves este puñal que te entrego a aquél de los dos hombres que creas que es el verdadero ladrón.

Al oír aquella orden, el verdadero ladrón, es decir, el antiguo dependiente de Juha se dio la vuelta y exclamó:

—¡No, por favor, no lo hagas!

A lo que el juez respondió:

—¡No! No es necesario que manches el filo de tu puñal, pues, como era de esperar, el propio criminal se ha delatado.

Así pues, gracias a la intervención de la justicia y a la astucia de aquel juez, Juha pudo recuperar su buen nombre pero no sus bienes, pues el otro los había dilapidado en poco tiempo.

Tras estos hechos, Juha volvió a su pueblo, con su gente. Pero ninguno de sus vecinos y amigos creía que Juha hubiera perdido todos sus bienes en aquel desdichado asunto y le rogaron una y otra vez que organizara una comida en su casa para celebrar el regreso de su amigo y festejar como es debido su vuelta a casa.

Juha no tuvo más remedio que hacer lo que pedían todos sus vecinos y amigos, pero antes se trazó un plan para conseguir comida.

Dio a conocer el día y la hora en que se celebraría el anhelado banquete y rogó encarecidamente a todo el mundo que nadie faltase a su cita. De lo contrario, lo tomaría como un desprecio hacia su persona y hacia su propia familia.

Tan pronto como las gentes del pueblo iban entrando en su casa —nadie faltó, como era de esperar—, Juha les rogaba que se despojaran de sus zapatos y que luego se dirigieran hacia el comedor.

Mientras Juha ofrecía té a los comensales, su sirviente, previamente aleccionado, se dirigió al mercado a todo correr con los zapatos de todos ellos bajo el brazo y los vendió al primer mercader que encontró. Con el dinero que obtuvo, el sirviente compró la comida necesaria para saciar el hambre de los invitados, que eran, como sabemos, muchísimos. Con la comida que compró, todas las mujeres de la casa de Juha se pusieron a cocinar con verdadero frenesí y, al cabo de poco rato, empezaron a llegar a la mesa fuentes y más fuentes cargadas de apetitosos manjares.

La comida transcurrió alegremente. Todo el mundo comió con verdadero deleite y, a medida que se llenaban los estómagos de la gente, las palabras de agradecimiento brotaban de sus labios, deseando larga vida al anfitrión. La conversación fluía por todos los rincones de la mesa.

Al verlos, Juha pensaba: «¡Comed a gusto amigos, estáis comiendo vuestro dinero!»

Hasta que llegó la hora de marcharse... Y cuando cada cual fue en busca de sus zapatos, se armó un lío tremendo: nadie pudo hallar ni rastro de su calzado.

Viendo todo aquello, Juha se explicó:

—Amigos y vecinos, estoy muy contento de vuestro empeño por venir a mi casa para festejar mi regreso. Hemos compartido mesa, comida y alegre conversación. Pero, ¿qué queréis que os diga? Como no tenía dinero alguno para pagar el coste de los manjares con que os he recibido, justo es que os cuente de dónde lo he sacado: he vendido vuestros zapatos. Así que muchas gracias a todos y el que quiera recuperarlos que se vaya al bazar y allí los encontrará.

Nadie se enfadó. Al contrario, Juha fue muy aplaudido por su astucia, y a ninguno de sus vecinos y amigos se le ocurrió criticarlo o dejarlo de querer.

¡Juha era el mejor hombre que tenían en aquel pueblo! ¡Y todavía lo es!

Las tres pruebas

por Martha Escudero

Cuento latinoamericano

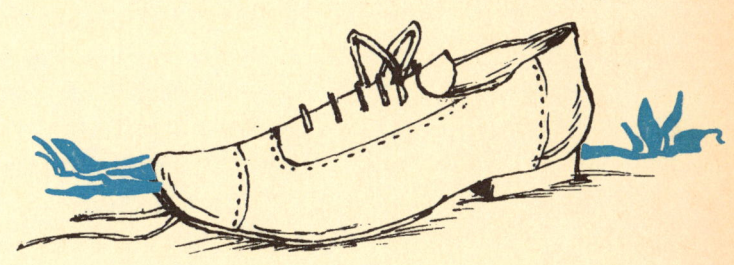

MARTÍN era un chico como todos, ni alto ni bajo, ni gordo ni flaco, ni guapo ni feo. Digamos que Martín era un chico normal. Pero tenía un problema. A Martín no le gustaba estudiar. Mientras fue pequeño y su madre lo llevaba a la escuela no pasó nada, pero en cuanto creció y ya salía solo de casa empezó a hacer novillos.

Y no piensen que a Martín no le gustaba ir a la escuela por flojo, no, lo que pasa es que él tenía una ilusión, tenía muy claro lo que quería ser en la vida y estaba seguro de que para eso no le servía de nada lo que le enseñaban en la escuela.

Martín también sabía que una situación así no se podría alargar por mucho tiempo. Sabía que sus padres se enterarían tarde o temprano. Así que un día se armó de valor y decidió hablar con su padre. Esperó a que la casa estuviera tranquila y su padre solo, y le dijo:

—Papá, tengo un problema.

—A ver, hijo, ¿qué te pasa? Si te puedo ayudar a resolverlo, lo haré con mucho gusto —dijo el padre en un tono cariñoso y comprensivo.

—Pues verás, papá, lo que pasa es que no me gusta ir a la escuela —dijo Martín.

El padre, sorprendido, respondió:

—¿Pero qué dices, muchacho? Nunca has sido una lumbrera, eso es cierto, pero ¿de dónde sacas ahora que no te gusta la escuela? ¿No sabes que es lo mejor que hay? Tienes que estudiar para llegar a tener una profesión, para que puedas llegar a ser doctor o ingeniero o…

—Precisamente, papá —interrumpió Martín—, yo tengo una ilusión, ya sé qué quiero ser en la vida.

—Ah, eso está muy bien —dijo el padre.

—Sí, papá, pero es que creo que a ti no te va a gustar mucho.

—No digas eso, hijo. Me alegra que hayas tomado una decisión. A ver, ¿qué quieres ser?

—Pues…, ¡quiero ser ladrón!

—¿Cómo? ¡Tú estás loco, chamaco! ¡No sabes lo que dices!

—Sí, papá, ya sé que es algo raro, pero ésa es mi más grande ilusión y tú me has dicho siempre que cuando uno quiere algo, tiene que hacer todo para lograrlo. No quiero seguir estudiando porque sería inútil, no aprendería nada.

—A ver, hijo —dijo el padre de Martín tratando de tranquilizarse—, mira, vamos a hacer una cosa. Vamos a hablar con tu padrino. Es un hombre muy juicioso, y seguro que te ayudará a cambiar de idea.

Efectivamente, el padrino de Martín era un hombre al que mucha gente recurría cuando se encontraba en un apuro. Siempre estaba dispuesto a consolar o a dar consejo, siempre de forma desinteresada y bastante atinada. Era un hombre muy querido y respetado. Así que Martín y su padre fueron hasta la casa del padrino.

—Pues sí, compadre, así como lo oye, el muchacho quiere ser ladrón —dijo apesadumbrado el padre de Martín—. A ver si usted lo puede persuadir, convencerlo de que eso no le conviene.

—Mira, Martín —dijo el padrino—, yo te propongo una cosa. Tú sabes que yo tengo un rancho con animales y buenas tierras. Pues yo te doy mi rancho para que lo atiendas. Dispondrás todo lo que hay que hacer y serás el patrón. ¿Qué te parece?

En verdad era una muy buena oferta. ¡Cuántos jóvenes hubieran deseado tener el futuro asegurado sin hacer ningún esfuerzo!

Pero Martín, con un tono firme pero respetuoso, dijo:

—Padrino, yo se lo agradezco de verdad, pero eso lo tendría que hacer a la fuerza, lo haría sin ilusión y seguramente no lo haría bien. Yo quiero hacer algo que me guste, quiero ser ladrón y lo seré.

—Vaya —dijo el padrino—, veo que no tienes la más mínima intención de cambiar de idea. Te recuerdo que los ladrones no se hacen así no más. Para ser ladrón hay que ser muy hábil y mañoso, se ha de tener mucho ingenio y picardía. Los ladrones deben estar siempre atentos y listos para escabullirse. Además, es algo muy peligroso.

—Sí, padrino, ya lo sé. Pero cuando a uno le gusta algo le pone ganas, se esfuerza, y eso es lo que haré.

—Muy bien, ahijado —dijo el padrino—. Mira, para saber si en verdad estás capacitado para eso que deseas, yo te pondré tres pruebas. Si las pasas, serás un ladrón hecho y derecho.

El padrino se quedó un momento en silencio, pensativo, y al fin dijo:

—Ésta será tu primera prueba. Mandaré a uno de mis trabajadores a que lleve a pastar una oveja y tú se la tendrás que robar. Desde luego, no te diré por dónde pasarán, así que esto tendrás que descubrirlo tú solo, y lo más importante: tendrás que robársela sin golpearle, eso sí. Aquí te esperamos, a ver si lo logras.

Se despidieron. Martín se fue pensativo. Tendría que descubrir qué camino tomaría el hombre al que tenía que robar la oveja. Martín comenzó a observar y a analizar. «A ver —pensaba—, no podrá irse por el camino que sale de la plaza porque ése va a parar a la cañada y ahí no hay prados para que la oveja pueda comer. Por el camino de la fuente, tampoco. Por ahí crecen muchas malas hierbas en esta época del año y es incluso peligroso llevar ahí a los animales porque se pueden envenenar...» Así estuvo Martín un buen rato, descartando posibilidades, hasta que llegó a una conclusión. «Ya lo tengo. Seguro se irá por el camino que pasa por detrás de la iglesia. Por ahí se va hasta unos prados de hierba fresca y abundante.» Y hacia allá se encaminó.

Mientras tanto, el padrino había mandado llamar a uno de sus trabajadores, uno que tenía fama de ser muy honrado y obediente, y le dijo:

—Fíjate bien. Tomarás una oveja y la llevarás a pastar. Llévatela por los prados de detrás de la iglesia, ahí hay buena hierba. Pero ten mucho cuidado porque tratarán de robártela. En ningún momento le quites el ojo al animal, ¿entendiste?

Aunque aquel hombre no comprendió por qué su patrón le mandaba llevar a pastar sólo a una oveja y no a todo el rebaño, dijo:

—No se preocupe patrón, se hará como usted manda.

Y allá se fue. Tomó la oveja y se fue por el camino que pasaba por detrás de la iglesia. Lo que no sabía era que el chico le estaba esperando.

Martín se había escondido en un lugar al lado del camino desde donde tenía buena visibilidad y llevaba colgados al hombro un par de zapatos nuevecitos. Cuando Martín vio que aquel hombre ya se acercaba, salió de su escondite y puso en mitad del camino el zapato izquierdo. Volvió a su escondite y esperó.

Cuando aquel hombre llegó y vio el zapato, lo recogió.

—¡Pero qué zapato tan bonito! Y es de mi número. Lástima que sólo haya uno. Así no me sirve para nada —y un poco decepcionado, aquel hombre volvió a dejar el zapato donde estaba.

En eso Martín salió corriendo por el monte. Cortando trecho, llegó hasta un recodo del camino más adelante, cuando aquel hombre ni se divisaba. Ahí, en medio del camino puso el otro zapato, el derecho, y se escondió.

Al cabo de un rato apareció el hombre que, al ver el zapato, exclamó:

—¡Ay, caray, si aquí está el compañero del zapato! ¿Cómo no me lo traje? ¡Ahorita voy corriendo a agarrarlo antes de que otro me lo quite!

El hombre, para ir ligero, amarró la oveja a un árbol, al lado del camino y, piernas para qué os

quiero, se fue corriendo feliz a recoger el otro zapato. Pero, claro, cuando regresó, la oveja había desaparecido.

Muy apesadumbrado, se fue a la casa del padrino. Iba sufriendo porque se daba cuenta de que le había fallado al patrón y estaba casi seguro de que le despediría. Al llegar, y como era muy honrado, explicó con pelos y señales todo lo que había pasado.

—¡Ah, qué muchacho malora, logró engañarte! —dijo el padrino—. Pero tú no te preocupes, no te voy a hacer nada. Éste es un asunto entre mi ahijado y yo.

En eso estaba aquel pobre hombre sin entender nada, cuando entró Martín cargando la oveja.

—Aquí está, padrino. He pasado la primera prueba —dijo Martín sonriendo orgulloso.

—Ya lo veo, ahijado, pero no cantes victoria porque aún te faltan dos. Fíjate bien, la segunda prueba es ésta: mandaré a mi rancho una recua de mulas cargadas con bolsas llenas de monedas de oro. Irán custodiadas por un grupo de hombres muy desconfiados y bien armados. Tendrás que robarles el dinero, pero, eso sí, sin soltar ni un tiro. ¡Ándale pues, a ver cómo sales de ésta! —dijo el padrino.

Martín salió confiado de la casa y se fue hasta el camino grande que salía del pueblo. Por ahí caminó un largo rato hasta que llegó a un lugar en el que crecían unos enormes árboles muy frondosos que daban una buena sombra al lado del camino. Ahí, al pie de los árboles, Martín comenzó a armar una rústica cabañita con ramas, troncos y piedras, y preparó unas mesitas y unos barriles de vino, como si fuera a vender.

Mientras tanto, el padrino mandó llamar a sus mejores hombres y les hizo el siguiente encargo:

—Lleven esta recua a mi rancho, va cargada de dinero. Tengan mucho cuidado porque por ahí anda un ladrón y seguro que tratará de atracarlos. Anden listos.

—No se preocupe patrón, délo por hecho —dijeron los hombres y salieron custodiando las mulas rumbo al rancho.

Allá iban los hombres, pero el camino era largo y el sol caía como plomo. Sudorosos y sedientos, llegaron hasta donde Martín había levantado su enramada.

—¡Qué suerte, qué buena sombra! A lo mejor en esa enramadita nos pueden vender un refresco.

Los hombres desmontaron, ataron las mulas y se acercaron a la enramada.

—¡Buenos días! ¿Nos podría vender unos refrescos? —preguntaron a Martín.

—Pues lo siento mucho —dijo Martín—, pero no va a poder ser porque los refrescos se me acabaron. Pero, si ustedes quieren, tengo aquí un vinito muy bueno.

—Újule, ya quisiéramos. Pero esa agüita da sueño y tal vez nos roban las mulas. Nos dijeron que por aquí ronda un ladrón y tenemos que andar bien alerta.

—¿Un ladrón? —dijo Martín—, pues les informaron mal. Yo estoy aquí siempre y nunca ha habido ningún atraco. Pasan muchos forasteros y a nadie le ha pasado nada.

—Pues si es así, ¡qué bien! —dijeron los hombres frotándose las manos—. Ya puede ir sirviendo las primeras.

Y ahí, a la sombra de los árboles, los hombres comenzaron a beber y a contarse aventuras e historias de decapitados y aparecidos. Martín iba ufano, de un lado a otro, llenando los vasos hasta que los hombres, uno a uno, fueron cayendo en un sueño plácido y pesado.

Entonces Martín los desarmó, desató las mulas, cogió el mejor caballo y se encaminó a la casa de su padrino.

El padrino, sorprendido, lo recibió.

—¡Y órale muchacho! ¿Qué hiciste con mis hombres?

—No se preocupe padrino —dijo Martín—, están allá a la sombra, echándose una siestecita.

—Muy bien ahijado, veo que no te das por vencido. Pues ahora te voy a poner la tercera prueba. Será la más dura y peligrosa, te lo advierto. Todavía estás a tiempo de cambiar de opinión.

—No, padrino, pues no más faltaba. Usted póngame la prueba, que yo sabré cumplir.

—Pues, tú lo quisiste. Fíjate bien: en el armario de mi habitación allá en la casa grande del rancho, hay un montón de sábanas. De entre todas ellas, tendrás que traerme una bordada que es un recuerdo de mi abuela. Pero no pienses que será tan fácil. Habrá hombres cuidando la casa, hombres armados que tendrán órdenes de disparar a cualquiera que se acerque. Así que ya lo sabes, ve con cuidado y mañana te espero por aquí.

—Muy bien, padrino —dijo Martín—. Espero pasar la última prueba para demostrarles a usted y a mi papá que tengo madera de ladrón.

El padrino mandó instrucciones al rancho. En cada esquina de la casa se apostaron los tiradores, que no dejarían pasar a nadie sin dejarlo primero como un colador. Ésas eran sus órdenes.

El padre de Martín estaba un poco angustiado.

—Oiga, compadre, no cree que esto es demasiado arriesgado. Y si me matan al chico, ¿qué?

—Usted no se preocupe, compadre. Tenga confianza.

El padre de Martín no sabía qué pensar. La lección podía resultar nefasta y, si por suerte Martín salía bien librado, no habría nadie que lo convenciera de dejar la idea de ser ladrón. Era algo complicado y peligroso.

Mientras tanto, Martín se preparó. Fue a su casa y metió en una bolsa una muda de ropa: un pantalón, una camisa y un pañuelo, como el que acostumbraba a llevar atado al cuello. Y con este sencillo equipaje, echó por el camino del rancho.

Llegó cuando el sol ya se ponía y, subiendo a una pequeña loma, pudo ver que, efectivamente, los hombres estaban listos y en sus puestos.

Entonces Martín, con algunas ramas y hierbas, comenzó a hacer un muñeco, un muñeco de tamaño natural. Cuando lo tuvo listo, lo vistió con la ropa que llevaba en la bolsa y, cargándolo, se fue acercando a la casa, con cuidado de no ser visto. En un lugar en el que tenía la certeza de que los hombres podrían verlo, Martín asomó la cabeza.

Enseguida se escuchó una ráfaga de tiros, pero Martín, muy ágil, pudo evitarlos. Martín esperó un rato y entonces levantó aquel muñeco que había preparado. Todas las balas dieron en el blanco. El muñeco quedó deshecho. Los hombres, pensando que habían matado al intruso, dejaron sus puestos para ir a ver. Fue cuando Martín aprovechó y se metió en la casa.

Saber cuál era la habitación de su padrino no sería difícil. Debía de ser la habitación más grande y más iluminada, pero encontrar la sábana... En aquel armario había en verdad una montaña de sábanas y todas estaban bordadas. ¿Cuál sería la que tenía que quedarse? Pero Martín comenzó nuevamente a observar y analizar. Sabía que la sábana que buscaba tenía que ser antigua, ya que

era un recuerdo de la abuela de su padrino, que había vivido en el siglo pasado. Y si aquel recuerdo era tan preciado, tenía que estar guardado de algún modo especial.

Martín comenzó a sacar todas las sábanas hasta que por fin encontró una que le llamó especialmente la atención. Era una sábana que estaba atada con una hermosa cinta de seda. No lo dudó, ésa debía de ser la sábana. La tomó, la guardó en su bolsa y se acostó tranquilamente.

A la mañana siguiente salió del rancho despidiéndose de los tiradores y haciéndoles la recomendación de que estuvieran alerta. Y silbando una cancioncilla se fue a casa de su padrino.

—Padrino, aquí tiene su sábana.

—Ah, pero qué muchacho tan mañoso. Te saliste con la tuya. Tenías razón, ahijado: ladrón es tu profesión.

El padrino, dirigiéndose al padre de Martín, dijo:

—Lo siento, compadre. Hice todo lo que pude para persuadir al muchacho, pero él fue más listo. Ni hablar, compadre. ¡Qué le vamos a hacer!

Así fue como el padre y el padrino se convencieron de que Martín sabía lo que quería. Y si bien es cierto que ser ladrón no es la mejor profesión que uno puede escoger, sí lo es el hecho de que las cosas se han de hacer por gusto y no a la fuerza. Sólo así salen bien.

La ogresa de la montaña

por Minoru Shiraishi[1]

Cuento japonés

HACE mucho tiempo vivía en una montaña una anciana ogresa que tenía una boca muy grande, tan grande que le llegaba de oreja a oreja.

Un buen día, un campesino volvía a su casa después del trabajo con un buey cargado de pesca salada. A cada paso que daba, el angosto camino iba adentrándose en una oscuridad cada

---

[1] Traducido por María José Flores Sánchez.

vez más absoluta. El campesino tenía un poco de miedo, pues había oído que a veces salía por aquel sendero la ogresa de la montaña, uno de esos seres más veloces que el viento y que se alimentan de vacas, caballos y seres humanos.

«Espero no encontrarme con esa cosa horrible...», se dijo al tiempo que intentaba acelerar la marcha del buey. Sin embargo, el buey, que es un animal tranquilo, caminaba lentamente y con la lengua fuera.

De repente, se levantó una fuerte ventisca de nieve y al campesino le pareció oír una voz que decía: «¡Hmmm, huele a pescado...! Sí, a pescado.» Se volvió rápidamente y lo que vio le dejó atónito.

—¡Nooooo, es la ogresa! —exclamó.

En efecto, era la ogresa de la montaña. Las rodillas del campesino empezaron a temblar sin control. Y con razón, pues la ogresa se comía todo lo que se le ponía delante.

—¡Eh, tú, dame uno de tus pescados! —exigió la ogresa.

El campesino le lanzó un pescado y aceleró el paso para dejarla atrás. Pero la ogresa se lo comió en un segundo y volvió a pedirle otro:

—¡Campesino, campesino, quiero otro!

El campesino sacó otro pescado y se lo lanzó por miedo a que se lo comiera a él también. La ogresa volvió a zampárselo en un santiamén.

—¡Hmmm, qué bueno está! ¡Riquísimo! ¡Quiero otro! —exclamó.

Y así fue como, uno detrás de otro, se comió todos los pescados que llevaba el campesino.

—¡Campesino, quiero más! ¡Más pescados!

—¡Pero si ya te los has comido todos! No me quedan más, te he dado todos los que llevaba —contestó él.

A lo que la ogresa respondió:

—¡Dame el buey, pues!

El campesino empalideció: si le daba el buey ya no podría trabajar más, y ¿de qué iba a vivir él?

—¡Prepárate, porque si no me lo das te comeré a ti! —le amenazó la ogresa.

—¡Agghhh! ¡Socorro! ¡Socorro! —gritó el campesino mientras ponía pies en polvorosa y dejaba el buey atrás.

La ogresa se comió el buey en un abrir y cerrar de ojos, y se puso a perseguir al campesino.

—¡Eh, espera, no te vayas! ¡Quiero comerte!

El campesino corría como alma que lleva el diablo. De pronto, se encontró ante un gran estanque junto al que había un pino muy alto y se encaramó a él. La ogresa lo persiguió hasta el árbol, pero allí le perdió el rastro.

—¡Oh, qué raro!, ¿dónde se habrá escondido?

Lo buscó alrededor del pino, pero no consiguió verlo. El campesino estaba agarrado firmemente a una rama y su imagen se reflejaba en el agua. La ogresa vio la imagen de su víctima en la superficie del agua del estanque y rió para sus adentros: «¡Je, je…! ¡Te he pillado! ¡Te he pillado!»

Acto seguido, ¡chas!, la ogresa saltó al agua siguiendo la imagen del campesino. Pero en el agua no había nadie. La ogresa se puso histérica buscándolo por todas partes.

El campesino pensó que si quería huir aquélla era su ocasión. Bajó rápidamente del árbol y fue corriendo en dirección al pueblo. Ya empezaba a oscurecer cuando encontró una casa en el camino.

—¡Oh, qué bien! ¡Voy a pedir ayuda en esa casa!

Y así lo hizo:

—¡Ayudadme, por amor de Dios! —pidió.

Pero no obtuvo ninguna respuesta. Parecía que no había nadie, que allí no vivía nadie… Mirándolo bien, parecía una casa abandonada, pero no lo era, porque en la chimenea había una olla y algo de leña encendida. El campesino entró en la casa y miró en su interior. Al momento, oyó pasos a lo lejos y se dio cuenta de que era la ogresa que se iba acercando.

—¡Oh, no! ¡Entre todas las casas que hay en el mundo he tenido que ir a parar a la de la ogresa!

El campesino subió al desván y se escondió entre la paja. En ese mismo momento, la ogresa entraba en casa murmurando:

—¡Vaya día, tanto perseguir al campesino ese para que al final se me escape! ¡Qué lástima! Prometía ser un bocado muy apetitoso… ¡Oh, maldita sea, estoy calada hasta los huesos!

La ogresa no dejaba de lamentarse. Sacó unos bollos, los puso encima del fuego y se sentó delante de la chimenea. Pronto, con el calorcillo, se quedó dormida.

Al cabo de un rato los bollos ya estaban hechos y despedían un olor delicioso. De repente, el campesino se sintió muy hambriento y no pudo resistir la tentación. Sacó una caña muy larga, pinchó un bollo desde el desván y con mucho cuidado se lo subió.

—¡Hmmm! ¡Riquísimo!

Como el bollo de la ogresa estaba tan bueno, se comió uno detrás de otro. Cuando estaba subiéndose el último, se le cayó al fuego y el ruido despertó a la ogresa, que, al abrir los ojos, se dio cuenta de que ya no quedaban bollos:

—¡Agghhh! ¿Dónde están mis bollos? ¿Quién se los ha comido?

Desde arriba el campesino susurró:

—¡El dios del fuego, el dios del fuego!

Entonces la ogresa se tranquilizó:

—Sí, seguramente habrá sido el dios del fuego. No puede haber sido nadie más —se dijo mientras le hincaba el diente al último bollo.

—¡Agghhh, qué malo! —exclamó al tragárselo—. Para quitarme este sabor tan amargo voy a tomar un poco de sake dulce.

Diciendo esto, puso al fuego una olla de sake dulce y, mientras esperaba a que se calentara, volvió a quedarse dormida.

Al calentarse, el sake empezó a desprender un dulce aroma y el campesino no pudo resistirse. Sacó una caña muy larga, la metió en la olla y empezó a sorber sake. Cuando ya se lo había bebido casi todo, cuando sólo quedaban unas gotas, el campesino hizo ruido al sorberlas y la ogresa se despertó. Al ver la olla vacía, la ogresa exclamó:

—¿Y ahora qué? ¡Esto ya es demasiado! ¿Se puede saber quién se ha bebido mi sake?

El campesino volvió a susurrarle:

—¡El dios del viento, el dios del viento!

—¡Vaya con el dios del viento! —se lamentó la ogresa—. Siendo así, no hay nada que hacer. Bueno, ya estoy cansada, será mejor que me vaya a dormir. A ver, a ver… ¿Cuál será mejor para dormir: el baúl de madera o el baúl de piedra?

Tras pensárselo unos minutos, decidió dormir en el de madera, porque creyó que en el de piedra seguramente haría frío. Y nada más meterse en el baúl, empezó a dormir como un lirón.

El campesino observó todo esto desde el altillo y, tras asegurarse de que la ogresa se hallaba profundamente dormida, bajó de allí y puso agua a hervir. Acto seguido, hizo un pequeño agujero en el baúl con una barrena e introdujo por el agujero el agua hirviendo. Así fue como el campesino acabó con la ogresa de montaña y pudo salvar su vida.

Kudu y Mpupe

por Inongo-vi-Makomé

Cuento africano

AMIGOS, como sabéis, muchas veces los que se sienten fuertes y poderosos abusan de los débiles, y creen que éstos nunca les podrán ganar. La historia que os voy a contar hoy tiene mucho que ver con este tipo de gente.

En un lugar del África negra, y en plena selva, los hombres y los animales vivían en un mismo pueblo llamado Bolongui. A pesar de la diferencia de especie, todos ellos se llevaban bastante bien y había franca amistad entre algunos de ellos. Es verdad que de vez en cuando surgían pequeños roces, pero no pasaban de ser los típicos malentendidos que aparecen siempre entre los vecinos de todas partes del mundo.

Y si bien todos los habitantes de Bolongui se esforzaban por mantener y conservar esta armonía, había, sin embargo, un vecino que se empeñaba en hacer lo contrario. Este vecino, amigos, era Mpupe, el viento.

Mpupe, muy seguro de su fuerza y poder, amargaba día tras día la vida a sus vecinos. Cuando se le antojaba, soplaba fuerte y arrancaba una cabaña, el nido de un pájaro, las frutas de un árbol... Y cuando el damnificado se presentaba y preguntaba:

—Mpupe, ¿por qué lo has hecho?

—¿Quién eres tú para venir a pedirme cuentas? —contestaba enfadado.

A continuación se hinchaba y soplaba fuerte para castigar a la persona o animal que había osado pedirle explicaciones.

Un día Mpupe pasó toda la noche soplando y echó a perder la cosecha de muchos árboles frutales. Por la mañana los dueños de los árboles encontraron las frutas en el suelo. Uno de ellos, harto de esa situación, se presentó ante Mpupe y se puso a insultarle.

—¡Eres malo! ¡Eres un cobarde! —vociferó el pobre hombre, que estaba desesperado.

—¿Conque soy un cobarde, eh? ¡Ahora verás! —amenazó Mpupe.

Sopló y arrastró al hombre por todo el pueblo, y luego lo mató. Pero la maldad de Mpupe no se paró aquí. Sopló aún más fuerte e hizo caer no solamente la poca fruta que quedaba en los árboles, sino que abatió y arrancó el resto de los árboles frutales que había en el poblado.

Esta situación desesperó a los vecinos. Se armaron de valor y fueron a encontrar al rey.

—Majestad —dijo el que habían nombrado como voz cantante—. No podemos aguantar más. Tenéis que hacer algo. Os pedimos que le digáis a Mpupe el viento que abandone el pueblo.

—Estoy de acuerdo con vosotros —reconoció el rey—. Pero para que Mpupe sepa que esta petición va en serio, tenéis que acompañarme.

Todos los vecinos de Bolongui, con su rey a la cabeza, fueron a la casa de Mpupe.

—Mpupe —dijo el rey—, te venimos a pedir que abandones el pueblo. No es que no te queramos, el problema es que no se puede vivir contigo. Destruyes todo lo que encuentras a tu paso, y no hay manera de hacerte ver que lo que haces no está bien.

Mpupe les miró con odio.

—¿Así que me queréis echar del pueblo?

—¡Sí! —contestó el rey.

—¡Muy bien, ahora veréis! —amenazó Mpupe.

Se hinchó y sopló. Arrastró a todos los vecinos y al rey por el suelo. Los fue golpeando contra las paredes de las casas y contra los troncos de los escasos árboles en pie que quedaban en el pueblo.

—¡Ja, ja, ja! ¡A ver quién se atreve a venir a pedirme otra vez que me vaya del pueblo! —se jactó Mpupe.

Cuando dejó de soplar, todos los vecinos estaban en el suelo, llenos de cardenales y heridas. Pero lejos de desanimarse, todos se levantaron y volvieron ante la puerta de la casa de Mpupe.

—¡Otra vez vosotros! ¿Qué queréis ahora? —preguntó.

—Queremos que te vayas del pueblo —contestó el rey.

—Muy bien, como no habéis aprendido con la primera lección, os voy a dar otra —prometió Mpupe.

Del dicho al hecho, Mpupe se hinchó otra vez y volvió a soplar fuerte. Castigó con la misma intensidad a sus vecinos y al rey. Éstos, a pesar del dolor que sentían y de que apenas podían mantenerse en pie, se arrastraron otra vez más hasta la casa de Mpupe y le volvieron a pedir que se marchara del pueblo.

—Bueno, en vista de que insistís en que me vaya, os voy a complacer. Para ello os propongo un trato: reto a cualquiera de vosotros a que me gane en una carrera de velocidad —propuso Mpupe—. Si uno de vosotros me vence, me iré del pueblo. Pero si gano yo, mataré a aquel al que haya vencido.

Era tal la desesperación del pueblo entero, que los vecinos aceptaron el reto lanzado por su temido enemigo Mpupe.

El primer día se presentó el leopardo. Mpupe le ganó y lo mató. Otro día lo hizo la pantera, el resultado fue el mismo. Fueron compareciendo todos los animales veloces que forman la fauna de la selva africana. Mpupe les ganó a todos. Después de los animales, probaron suerte los mozos y mozas del pueblo, que también corrían mucho. El viento les venció igualmente.

El desánimo cundió en todo Bolongui. Un día, el rey estaba sentado a la sombra de un mango cuando oyó que alguien le llamaba:

—¡Majestad! ¡Majestad! —el rey giró la cabeza y miró a todas partes, pero no vio a nadie.

—Estoy aquí, cerca de vos, majestad —dijo la voz.

El rey miró entonces al lado del banco donde estaba sentado. Había una tortuguita.

—¡Ah, eres tú, Kudu...! ¿Qué quieres? —preguntó el rey.

—He venido a pediros que me permitáis competir con Mpupe —explicó Kudu la tortuga.

El rey se quedó muy extrañado. ¿Os imagináis a una tortuga corriendo? El rey creyó que Kudu le quería tomar el pelo, pero debido a su rango no se enfadó.

—Kudu —empezó diciendo el rey—, en esta selva, tú, yo y los demás habitantes sabemos que lo tuyo no es correr. ¿Cómo quieres entonces enfrentarte a Mpupe? ¡Por favor, vuelve al lugar de donde has venido!

Kudu no se movió.

—Es verdad que no sé correr, pero permitidme competir con el viento —suplicó Kudu.

El monarca intentó disuadir a Kudu, pero ella insistió. El rey se levantó y fue a tocar el tamtam, que es un instrumento de música que en muchos poblados de África se utiliza en algunas ocasiones para convocar a la gente. Al poco tiempo, los vecinos se presentaron en el patio del rey, que era también el centro de reunión del pueblo.

—Os he llamado para deciros que Kudu, aquí presente, ha venido a comunicarme que quiere competir con el viento —anunció el rey.

—¿Queeeé? —exclamaron los vecinos al unísono.

Y también todos a la vez empezaron a golpear a la pobre Kudu.

—¡Basta! ¡Dejadla! —gritó el rey.

Los vecinos dejaron de pegar a Kudu. Muchos estaban realmente rabiosos. ¡Y no era para menos! Imaginaos que una tortuga que nadie ha visto jamás corriendo y que apenas sabe andar, va y propone competir en una carrera de velocidad con el viento. Los vecinos creyeron que Kudu se había propuesto burlarse de ellos.

Cuando los vecinos dejaron de pegarla, sacó

su cabeza de debajo del caparazón, donde la tenía oculta, y dijo:

—Ya sé que no creéis en mis posibilidades de ganar a Mpupe, pero, por favor, dejadme intentarlo.

Los vecinos se encogieron de hombros. Seguían creyendo que Kudu les tomaba el pelo, pero la presencia del rey les impedía volver a pegarle.

El rey tocó otra vez el tam-tam para llamar a Mpupe. Éste se presentó de inmediato.

—¿Qué queréis ahora de mí? —preguntó desafiante.

—Kudu, aquí presente, quiere competir contigo —anunció el rey.

—¿¡Qué!? ¿Os atrevéis a burlaros de mí? ¡Ahora veréis!

Como cualquier poderoso, Mpupe pasó de las amenazas al hecho. Se hinchó y sopló con todas sus fuerzas. Así castigó duramente al rey y a todos los vecinos que estaban presentes.

—¡Así aprenderéis a no jugar conmigo! —dijo Mpupe riendo.

El rey y los vecinos se levantaron llenos de magulladuras.

—No somos nosotros. Es la propia Kudu la que se ha presentado aquí para pedirme que la autorice a competir contigo —volvió a explicar el rey.

Mpupe miró a Kudu.

—¿Es eso cierto, Kudu? —preguntó el viento.

—Sí, viento, es cierto. Quiero competir contigo —contestó Kudu con voz humilde.

—Pues, si así lo quieres, empecemos ahora mismo —propuso el viento.

—¡No, Mpupe! Verás, como sabes, yo no sé correr mucho. Por eso te pido que me des una luna —esto, amigos, es un mes— para poder entrenarme —pidió la tortuga.

—Como quieras. Dentro de una luna nos encontraremos aquí —aceptó el viento.

—¡Akeva! (¡gracias!), Mpupe, no esperaba menos de ti —agradeció Kudu.

Tras este acuerdo, amigos, la modesta Kudu abandonó el poblado y entró en el bosque. Y durante muchos días se dedicó a buscar y a reunir a todas sus hermanas tortugas, idénticas a ella. Luego las fue colocando una por una en el itinerario que debía seguir la carrera.

Cuando llegó la luna, es decir, el tiempo fijado, Kudu acudió a la línea de meta. También compareció Mpupe.

—Para que veas que soy generoso, Kudu, te voy a conceder una ventaja —propuso Mpupe, todo orgulloso y desafiante—. Empieza tú a correr ahora, y yo te seguiré dentro de tres semanas.

—Te lo agradezco mucho, viento, pero no acepto —rechazó Kudu—. No quiero ventajas, salgamos juntos.

—Bueno, te doy dos semanas —dijo el viento.

—¡No! —rechazó la tortuga.

—Acepta por lo menos una semana —propuso Mpupe.

—Te he dicho que no quiero ninguna ventaja —explicó Kudu.

—Me tacháis siempre de malo, pero habéis visto cómo Kudu ha rechazado la ventaja que le he dado —dijo Mpupe, dirigiéndose a los vecinos—. Tú lo has querido. ¡Empecemos!

El viento estaba rabioso. La tortuga había osado despreciar su oferta, algo que nadie había hecho jamás. Se prometió a sí mismo que cuando ganase a la tortuga, la haría sufrir mucho antes de acabar con ella.

La meta, que estaba en el patio del rey, se encontraba también en el inicio del bosque. El viento salió corriendo y se metió inmediatamente en el bosque. La tortuga lo siguió con su paso lento de siempre.

El viento corrió y corrió. Pero ya en medio del bosque y, tras recorrer una larga distancia, se paró.

—¿Por qué tengo que matarme a correr? Seguro que esa maldita tortuga no llegará aquí hasta el año que viene. Voy a sentarme debajo de este árbol a descansar —razonó el viento.

Pero, amigos, cuando el todopoderoso Mpupe se disponía a sentarse a descansar, vio delante de él a la tortuga, que iba corriendo —eso parecía por lo menos—. Lo más curioso, chicos, es que la tortuguita, mientras hacía como que corría, iba cantando. Para colmo, la letra de su canción hacía alusión a su contrincante, el viento. Cantando, la tortuga se burlaba del viento. La letra de esa canción era la siguiente:

Mpupe o.	Viento.
Mpupe o.	Viento.
Odiane e. (Coro.)	Ahí te quedas. *(Coro.)*
Mpupe mu elema o.	Viento tonto.
Mpupe mu elema o.	Viento tonto.
Odiane e. (Coro.)	Ahí te quedas. *(Coro.)*
Mpupe o.	Viento.
Mpupe o.	Viento.
Odiane e.	Ahí te quedas. *(Coro.)*
Mpupe mu bevo o.	Viento malo.
Mpupe mu bevo o.	Viento malo.
Odiane e. (Coro.)	Ahí te quedas. *(Coro.)*

El viento, amigos, no creía lo que veía y oía. Parpadeó unas cuantas veces para cerciorarse de que no estaba soñando. No, no estaba soñando. El animal que tenía delante era realmente la tortuga. Y la canción que cantaba se mofaba de él.

El viento arrancó y redobló su velocidad. Corrió y corrió. Cuando llegó más lejos aún, paró. Estaba cansado y jadeando se dijo:

—¡Aquí sí es imposible que haya llegado la tortuga! Ahora sí estoy seguro de que no alcanzará esta distancia hasta dentro de doce lunas, por lo menos. Así que voy a descansar tranquilamente.

Pero una vez más, cuando Mpupe el viento se disponía a descansar, descubrió a su contrincante corriendo ante él. Y también como la otra vez, la tortuguita cantaba la misma canción.

Mpupe o.	Viento.
Mpupe o.	Viento.
Odiane e. (Coro.)	Ahí te quedas. *(Coro.)*
Mpupe mu elema o.	Viento tonto.
Mpupe mu elema o.	Viento tonto.
Odiane e. (Coro.)	Ahí te quedas. *(Coro.)*
Mpupe o.	Viento.
Mpupe o.	Viento.
Odiane e.	Ahí te quedas. *(Coro.)*
Mpupe mu bevo o.	Viento malo.
Mpupe mu bevo o.	Viento malo.
Odiane e. (Coro.)	Ahí te quedas. *(Coro.)*

El viento volvió a cerrar los ojos una y otra vez. No lo podía creer. ¿Cómo era posible que una miserable tortuga corriera igual o más que él?

El viento, igual que muchos poderosos, amigos, no razonaba. Confiaba solamente en su poder y su fuerza. Así que con toda la rabia del mundo, arrancó una vez más con más ímpetu y aumentó la velocidad de su carrera. A su paso destruía todo lo que encontraba en su camino. En la selva y bosques del África negra tenemos árboles fuertes y milenarios, como el baobab, el okume, el sapeli y otros. Pues tenéis que pensar que el viento arrancaba o partía en dos estos árboles si se los encontraba delante. Nada quedaba en pie a su paso.

Cuando por fin divisó la meta, vio a los vecinos aplaudiendo. Aminoró entonces su velocidad.

—¡Qué tonto he sido! ¿Cómo he podido creer, ni por un momento, que una miserable tortuga me podía ganar? —se dijo lleno de orgullo.

Cuando llegó por fin donde se encontraba el grupo de vecinos, oyó una voz suave que salía de entre ellos:

—¡Por fin has venido, amigo viento! Estaba preocupada, ¿sabes? Pensaba incluso enviar a los vecinos al bosque a buscarte… Tardabas tanto…

La voz, como ya lo habréis adivinado, amigos, era la de Kudu, la tortuga. Mpupe se dio cuenta de que los vecinos no le aplaudían a él, sino a la tortuga. Kudu le había vencido.

Los vecinos levantaron a Kudu y se la cargaron sobre los hombros y fueron recorriendo el pueblo con ella. Kudu era su heroína.

—¡Campeona! ¡Campeona! ¡Viva Kudu! ¡Viva la vencedora!

Mpupe se quedó solo, viendo cómo el pueblo iba vitoreando a Kudu. Avergonzado, Mpupe decidió abandonar el pueblo e ir a fijar su residencia en el bosque.

Desde entonces el viento vive en los bosques. Sólo que, de vez en cuando, cuando se acuerda de aquella derrota humillante que le infligió la tortuga, se indigna y se enfada mucho. Lo que hace entonces es hincharse como siempre y entrar por sorpresa en los pueblos y en las ciudades. Sopla, destruye todo lo que puede y luego vuelve al bosque.

Ésta es, amigos, la historia de alguien todopoderoso que fue vencido por una humilde tortuga, gracias al ingenio, la astucia, la paciencia y, sobre todo, el trabajo de equipo.

Los cuentos procedentes de la tradición oral nos hablan de muchas cosas, desde las más triviales hasta las más filosóficas y complicadas, pero todos, absolutamente todos, lo hacen de forma directa y sencilla. El hecho de tenerlos reunidos bajo una misma colección permite demostrar, una vez más, que los cuentos, por muy lejos que provengan, son una enorme fuente de riqueza tanto por la variedad de situaciones que plantean, como por los protagonistas presentados y los obstáculos que han de superar.

Cada volumen de la colección contiene seis cuentos y cada uno de ellos procede de una cultura diferente: cultura gitana o *Rromani,* cultura mediterránea europea, cultura árabe, cultura latinoamericana, cultura japonesa y cultura africana.

Los títulos de la colección CUENTOS DE TODOS LOS COLORES son:

Cuentos sobre los orígenes (volúmenes 1 y 5). Narraciones que nos hablan de cómo cada una de las áreas culturales se han explicado su propio nacimiento y el de su orden social, así como de algunas de sus leyendas más significativas.

Cuentos de animales (volúmenes 2 y 6). Relatos protagonizados por animales cuya función es la de actuar como lo hacemos los humanos. Estos textos tienen un fuerte carácter paródico y, normalmente, están desprovistos de elementos mágicos.

Cuentos de encantamientos (volúmenes 3 y 7). Historias de héroes y heroínas capaces de superar todas las dificultades que se les presentan gracias a la ayuda que les prestan ciertos personajes y hechizos.

Cuentos de ingenios y otras trampas (volúmenes 4 y 8). Aventuras de personajes cuya única arma para superar obstáculos es la astucia y el ingenio.